聊齋誌異

有情的鬼狐世界

Strange Stories from a Chinese Studio
Tales of Foxes and Ghosts

繪本

故事◎岑澎維

繪圖◎鍾昭弋

在淄城的北邊，住著一位姓許的漁翁。每一天，他都會來到河邊，帶著工具到河裡捕魚。淡淡的月光下，漁翁撒下漁網，然後靜靜的等待魚群過來。他喝一口自己帶來的酒，欣賞河面的月光。

2

漁翁最喜歡看月光灑在河面上的樣子。金黃的月光被波浪打碎，鋪在河面上，波光閃閃、亮麗動人。漁翁會把一些酒倒進河裡，祭祀水中的水鬼。「你們也來喝一點吧！」然後漁翁才去收網。

別人捕魚經常一隻也捕不到，老漁翁卻總是滿載而歸。有一天，他和平常一樣喝酒、賞月，一個少年走了過來。漁翁便邀他一起喝酒。這一天不知道為什麼，漁翁一條魚也沒有捕到。

7

那少年站了起來，對漁翁說：
「我到水裡，為你趕一些魚過
來吧。」漁翁半信半疑。過了
一會兒，就聽到水裡有魚群拍
打的聲音。漁翁立刻把網子拋
下，果然捕到不少，而且每隻
都比漁翁的手臂還要長。

9

少年回到岸邊，漁翁抓了幾隻魚送他，少年不肯收。少年說：「我常常喝你的酒，為你做點事是應該的。」

漁翁說：「第一次請你喝酒，怎麼說『常常』？你要是不嫌棄這酒粗糙，可以每天來，我都在這裡。」

漁翁問起少年的姓名，少年說：
「我姓王，你可以叫我『六郎』。」
天色漸漸亮了，王六郎向漁翁道
別。第二天清晨，漁翁把捕到的魚
拿到市場賣，賣得不少錢。他拿錢
買了一些酒，等著晚上請六郎喝。

晚上到河邊的時候，六郎已經在那裡等候了。兩個人坐下來喝一點酒，王六郎又到水裡為漁翁趕魚。漁翁每天都能捕到魚，再拿到市場去賣。時間過得很快，半年過去了，兩個人每天都聊得很愉快。

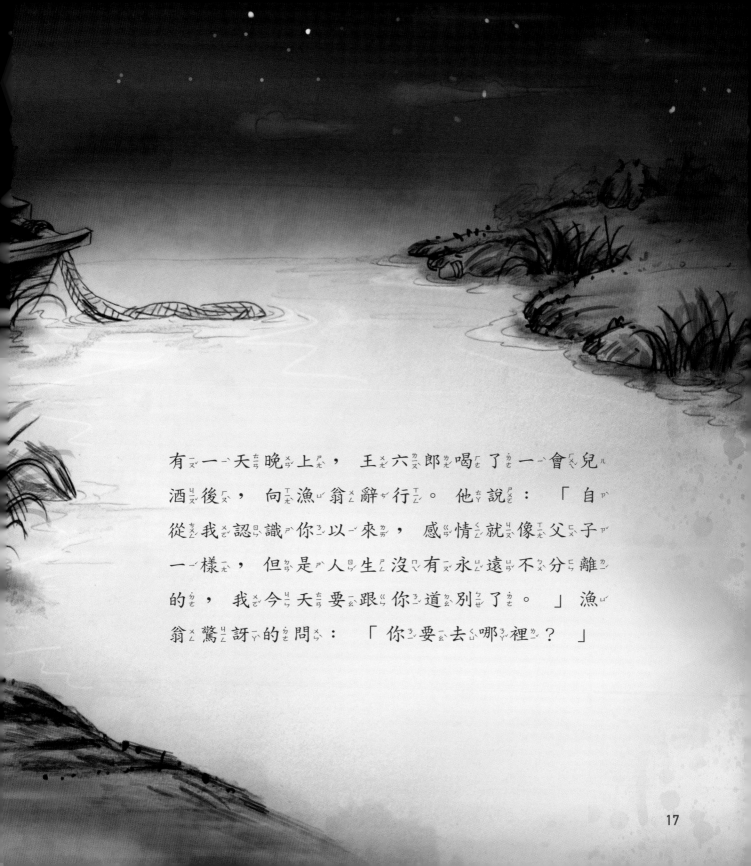

有一天晚上，王六郎喝了一會兒酒後，向漁翁辭行。他說：「自從我認識你以來，感情就像父子一樣，但是人生沒有永遠不分離的，我今天要跟你道別了。」漁翁驚訝的問：「你要去哪裡？」

就要道別，王六郎心裡很難過，幾次想說出口，又說不出來。最後他還是說：「我們兩個感情這麼好，我說出來，希望你不要嚇著了。」漁翁說：「我不怕，你說。」六郎說：「不瞞你說，我是一個水鬼。」

漁翁聽了，　心裡有點害怕，　但是相處久了，　想到六郎為他做了這麼多事，也不覺得恐怖了。　「我因為愛喝酒，酒醉跌進水裡，　才變成水鬼。　我常常喝你倒進水裡的酒，　很感謝你，　所以常常幫你趕魚，　讓你捕魚。　」

六郎說：「明天中午，有一個婦人要在這裡渡河，她會失足跌進河裡，我就能重新投胎了。」這一晚，六郎直到天快亮才離開。第二天中午，漁翁到淄水河邊的大樹下，果然看到一位婦人，懷裡抱著嬰兒走了過來。

河水又急又深，婦人無法渡過。她又走回岸邊，放下嬰兒，自己走到河中試試，卻一個不穩，滑跤跌進河裡，眼看著就要滅頂了。漁翁看著，很不忍心，但想到她是要代替六郎的人，就狠下心來不去救她。

婦人在水裡掙扎了很久，最後終於
上岸。她全身濕淋淋的，抱著嬰兒
又離開了。那天晚上，六郎又來了。
漁翁問六郎，婦人怎麼能逃得過？
六郎說：「我不希望用兩條命換我
一條命，所以不願意害她。」

漁翁聽了，很敬佩六郎，他說：
「你的善心，會感動上天的。」
兩個人又像過去一樣，喝酒、聊
天、趕魚、捕魚。隔了幾天，六
郎又來向漁翁道別。漁翁問：「你
又找到代替的人了嗎？」

王六郎笑著說：「不是，不過就像你說的，上天知道我做的善事，就授給我一個職位，要我去當招遠縣鄔鎮的土地公。」漁翁聽了很為六郎高興。離開之前，六郎看著漁翁說：「我希望你能去鄔鎮看我。」

漁翁回家後，就整理行李要去看這位
好友。漁翁的妻子笑他：「這一去好
幾百里路，就算真的有這麼一尊神，
你能跟一個泥做的土偶說話嗎？」漁
翁還是上路了，走了好幾十天，終於
來到招遠縣，也找到了鄔鎮。

漁翁在旅館打聽土地公廟的位置，旅
館主人問：「您是不是從淄川城來？
是一位漁翁？」漁翁很驚訝，旅館主
人說，土地公曾經託夢給附近居民，
要他們好好照顧一位淄川來的朋友。
旅館主人說：「我們等您很久了。」

漁翁立刻去土地公廟祭拜，他口中念念有詞：「你離開以後，我一直掛念你。你還託夢要人照顧我，我很感動。我遠道而來，只帶著以前常喝的酒，希望你不要嫌棄，像從前一樣喝了它吧。」這時一陣狂風吹起，紙錢飛揚。

那天夜裡，漁翁夢見土地公跟他見面。六郎看上去和過去完全不一樣了。漁翁每天到土地公廟陪伴老朋友。回家鄉後繼續捕魚，每天都有不錯的收穫。漁翁也聽說，鄔鎮的土地公有求必應，居民都很感激祂。

41

聊齋誌異

有情的鬼狐世界

讀本

原典解說◎岑澎維

蒲松齡書裡充滿寂寞的人鬼，生活中則時時有親友陪伴。
他們有笑有淚，為《聊齋誌異》注入了人情溫暖。

蒲槃，蒲松齡的父親，為人忠厚，年輕時也曾經讀書習文，但是在科舉考試失利後，開始經商。從此，他就把金榜題名的期望寄託在蒲松齡身上。因為家中兒媳婦不和，他斷然讓兒子分家。蒲松齡不願爭執，分到的土地很少，導致他未來生活艱難。

蒲槃

相關的人物

TOP PHOTO

蒲松齡，字留仙，自號柳泉居士，人稱聊齋先生，明末清初小說家。他一生窮困，在科舉考試上屢屢挫敗，於是投入寫作。藉著仙狐鬼魅的傳奇，用豐富的想像力與辛辣犀利的筆觸刻畫人情。《聊齋誌異》是他的代表作，手稿由子孫世代保管，流傳至今。上圖為蒲松齡像，當代瓷版畫，蒲松齡寫作聊齋故事。山東淄博市中國陶瓷館藏。

蒲松齡

施閏章，字愚山。清代前期詩文名家，詩風溫柔敦厚，與宋琬齊名，號稱「南施北宋」。他為官公正清廉，是有名的循吏，號稱「施佛子」。蒲松齡考中秀才時，是施閏章改他的考卷、特別提拔他的，也因此蒲松齡一生都很尊敬這位座師。

施閏章

王士禎

TOP PHOTO

王士禎，號漁洋山人，是清代詩壇盟主，也是文學批評家。王士禎曾在讀過《聊齋誌異》後，題下一首著名的詩：「姑妄言之姑聽之，豆棚瓜架語如絲；料應厭作人間語，愛聽秋墳鬼唱詩。」他也曾評點過《聊齋》，言語間顯然十分賞識蒲松齡。上圖為王士禎像。

李堯臣

李堯臣，字希梅，出身官宦世家，家中藏書千卷，愛好金石碑帖。他科舉考試失利後，埋首古籍，再也不踏入城市一步。他和蒲松齡便經常以詩歌相酬，蒲松齡過世時，李堯臣還寫下了〈祭蒲松齡文〉予以紀念好友。

張篤慶

張篤慶，字歷友，又號崑崙山人，擅長作詩。他是明末禮部尚書兼內閣大學士張至發的曾孫，十六歲時因為一次即席賦詩，為施閏章賞識。但是他科舉考試也不斷落榜，和蒲松齡同病相憐。他曾和蒲松齡、李堯臣等人結成郢中詩社，三人成為一生的好友。

劉氏

劉氏是蒲松齡的妻子，出身書香世家，父親劉國鼎，是鄉里的秀才。即使丈夫一生貧困，劉氏卻不曾抱怨，也不逼迫丈夫考取功名。丈夫遠遊時，她獨自照顧四個兒子、一個女兒，勞苦功高。她的過世，令蒲松齡十分悲痛，寫了許多悼亡詩。

蒲松齡在科舉中空轉了四十年，嘗遍人情的酸甜苦辣，使得這個落魄秀才創作出《聊齋誌異》這部人間鉅著。

1640 年

蒲松齡誕生於山東淄川城東的滿井莊。當時的中國並不平靜，滿洲人對邊關的攻打越來越激烈，而明朝境內則有流寇到處肆虐。當年山東大旱災，處處饑荒，詩人張明弼的〈人啖人歌〉便揭露了百姓吃人肉維生的慘況。蒲松齡就是在這種不平靜的氣氛中出生的。

誕生

相關的時間

TOP PHOTO

1658 年

蒲松齡在十九歲這一年參加科舉考試，在淄川縣、濟南府、山東學道，連續考取三個第一名，取得秀才資格。他在文章中批評人們追逐富貴，醜態畢露，受到主考官施閏章的讚賞。可惜這也是蒲松齡唯一一次在科舉考試中得到成功。上圖為鄉試童生試卷，北京孔廟和國子監博物館藏。

中秀才

約 1665 ～ 1715 年

蒲松齡的一生，大約有五十年間的時光，全靠著在外「坐館」謀生。坐館指的是住在有錢人家，教授子弟讀書、禮儀、寫八股文。蒲松齡曾在畢家坐館三十年，其他時間到各家坐館，居無定所。因為全憑一張嘴巴教書謀生，所以戲稱自己是在「舌耕」。

1679 年

蒲松齡三十九歲時，寫下一篇〈聊齋自誌〉，談論自己創作的動機、過程，還有自己的孤憤心情。儘管日後有多次增補，但是《聊齋誌異》的大致規模就在這個時候確定下來了。

1670 年

蒲松齡父親去世之後，他的同鄉好友孫蕙在揚州當上知縣，他於是決定南遊，投靠到老朋友幕下。這是蒲松齡唯一一次離開山東到外地遠遊。路途中，他看到許多窮苦百姓，了解孫蕙身處官場的險惡，聽到許多奇聞軼事，後來都成為他撰寫《聊齋誌異》時的靈感。

1687 年

《聊齋誌異》寫作期間，蒲松齡的許多好友都曾經勸阻過他，不要耗費精力在寫小說上，應該從事科舉正業，為家人求得溫飽。張篤慶在這年寫了好幾首詩，如〈寄蒲留仙〉、〈歲暮懷人〉，勸老友不要繼續蹉跎光陰。蒲松齡雖感謝朋友的好意，卻仍然堅持寫下去。

1710 年

貢生是成績優秀的秀才，他們可以進入京師的國子監讀書。在蒲松齡七十歲這一年，因為年長，朝廷特別給予榮譽，讓他補為貢生，卻不具有實質意義。蒲松齡回想當年結郢中詩社時的壯志，現在已經成為一場幻夢。五年後與世長辭。右圖為清朝張元所撰〈柳泉蒲先生墓表〉，於山東淄博蒲家莊蒲松齡墓。

《聊齋誌異》的故事來自幽冥與鬼域，包含的事物千奇百怪，是如此的神秘，又如此的吸引人。

《聊齋》是中國小說外文翻譯最多的作品。早在十九世紀初，基督教來華傳教士就被這部中國小說集所吸引，認為裡頭有些故事如同西方《伊索寓言》或是《聖經》的喻道故事那樣可用來傳教。今知最早的《聊齋》英譯文為美國長老會傳教士衛三畏（Samuel Wells Williams）於 1841 年譯的〈種梨〉、〈罵鴨〉與〈曹操塚〉。

在蒲松齡亡故後，聊齋故事被改編成中國的京劇、越劇等各大劇種，也就是聊齋戲。川劇中，便有聊齋戲六十多種。清末民初的戲曲大師梅蘭芳，曾經演出《牢獄鴛鴦》一劇，即改編自《聊齋誌異》中的〈胭脂〉。

海外譯文

聊齋戲

相關的事物

聊齋誌異

俚曲

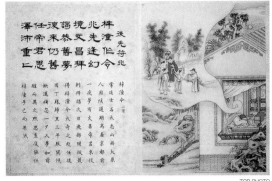

TOP PHOTO

《聊齋誌異》是一部文言短篇小說集，全書共 491 篇，記載大量鬼狐精怪的故事，也有少數歷史事件。全書以深具人情味、幽默詼諧的仙狐鬼怪，來反襯人世間的不公，當中也寄託著作者蒲松齡自己一生的情懷。上圖為清朝《聊齋圖冊》插圖。

通俗歌曲。蒲松齡撰有大量俚曲，採用家鄉淄川的方言與小調，描寫中下層人民的生活情狀。其中許多故事改編自《聊齋誌異》，例如〈翻魔殃〉改編自〈仇大娘〉。俚曲是唱給老百姓聽的，所以它們通俗簡單，卻又感人肺腑，可以用來勸善懲惡。

狐仙，又稱妖狐、狐狸精，一般相信
是一種經過數百年修煉、吸收天地
日月精華，而能由狐狸化為人形的妖
怪。其中又以化為女子、魅惑男人者
為多數。狐仙信仰在東亞一帶非常普
遍，江浙與香港的大仙廟至今還保持
著崇祀習俗。《聊齋誌異》中記載大
量狐仙與人類相戀的故事。

狐仙

城隍

城隍爺兼管陰陽兩界，依生前善惡
紀錄審判亡靈，移送生後適當去
所。通常由生前有功的人接任這項
神職。城隍信仰流行於中國、越南
和朝鮮半島。《聊齋誌異》第一篇
便是〈考城隍〉，頌揚才德兼備的
讀書人死後接任城隍，也寄託著蒲
松齡個人的情懷。右圖為清朝福建
木雕城隍坐像。

TOP PHOTO

秋闈

清代的科舉考試，是每三年舉行一次「鄉試」，考中鄉試者可以取得「舉人」頭銜，並擁有考「進士」的資格。
因為考試固定在秋天舉行，所以又稱「秋闈」。蒲松齡一生至少參加過十次秋闈，四十多年的歲月都耗費在考試上。
「三年復三年，所望盡虛懸」，正是他辛酸落淚時所寫的詩。

蒲松齡一生大部分時間都留在家鄉，他一度為了謀生，遠遊到揚州。讓我們跟著他的腳步，尋訪這些地點吧！

泰山是中國五嶽之首，位在山東省境內，是古代齊魯文化的核心。從秦始皇、漢武帝以降，共有十二位皇帝在泰山設壇祭天，舉行封禪大典。山上佛寺、道觀林立，無數文人墨客都來到泰山遊覽，蒲松齡也是其中之一。《聊齋誌異》裡也多次把泰山的風景融入到故事中，例如〈胡四姐〉、〈布客〉等。

濟南位於山東省中西部，是歷史文化名城。它是龍山（黑陶）文化的發祥地，因為泉水眾多，而有「泉城」之名。蒲松齡曾到濟南短暫遊歷，結識忘年好友朱緗，並寫出〈歷下吟〉五首，痛切的描繪考試制度的弊端以及落榜士子的苦悶。

沂州位於今山東省臨沂市，是從山東往江南路途中的必經之地。蒲松齡南遊的途中經過沂州，在旅店內聽一位讀書人劉子敬談起桑生與鬼狐戀愛的故事。這個故事經過蒲松齡改寫，就成為了《聊齋誌異》集子中第一篇寫成的故事〈蓮香〉。

相關的地方

泰山

濟南

沂州

崂山

TOP PHOTO

古稱「勞山」，位於今日山東省青島市。蒲松齡曾與唐夢賚、張鈫等友人遊歷崂山，適逢雨後海上出現海市蜃樓，因目睹「山外水光連天碧，煙濤萬頃玻璃色」的絕色美景，而感悟「人生眼底盡空花，見少怪多勿須爾」的道理。他還以崂山上清宮的白牡丹傳說為題材，寫下了〈香玉〉故事。上圖為崂山上清宮大門。

淄川

TOP PHOTO

淄川位於山東省，今日與博山合稱「淄博」。蒲松齡的家鄉就在淄川的蒲家莊，他的故居也被改成了紀念館，裡面展示了蒲松齡舊時的起居模樣以及相關的文獻資料。上圖為山東淄博蒲家莊，蒲松齡故居紀念館大門。

紅橋

紅橋位於揚州北門外，青山綠水、河光柳色，兩岸的雕梁畫棟綿延數十里，是達官貴人、風流才子尋歡作樂之處。蒲松齡和好友孫蕙一起坐船到揚州時，特地遊賞紅橋，對江南水鄉的風光旖旎留下深刻的印象。

寶應

寶應古稱安宜，隸屬於揚州，位於大運河旁，占據水路要衝，每年修築河堤、管理河運與驛站，便是地方官最重要的任務。蒲松齡南遊時，投靠在好友孫蕙幕府之下，親眼見到他為了行政公文而忙碌，在應對貪官惡吏與刁民時，又疲於奔命的辛苦狀況。

聊齋誌異

　　蒲松齡誕生在明末清初。當時讀書人唯一的出路必須透過科舉，所以他也曾經熱衷功名。十九歲那年，他一鳴驚人，考取秀才；但接下來的考試就再也沒有上榜過了。入仕之途受阻，寫作於是成為蒲松齡心志意念唯一的出口，但是他創作的不是一般讀書人那種冠冕堂皇的道德文章，而是鍾情於鄉野鬼狐的古今傳說。據說蒲松齡曾在路邊擺攤設茶，請路過的人坐下來喝喝茶，聊一聊他們見過聽過的怪事。這些經年累月蒐集而來的神鬼怪誕傳說，便成為撰寫《聊齋誌異》的素材。

　　蒲松齡最初的寫作，是從記錄怪異傳聞的「筆記」開始；像是頌揚人鬼之間純真友情的〈王六郎〉，就是這類作品。後來漸漸加入自己「創作」的作品，這類故事篇幅通常比較長，許多是描寫美麗狐仙與多情書生的故事，例如〈小翠〉。

畫臥榻上。忽陰晦，巨霆暴作。一物大於貓，來伏身下，展轉不離。移時晴霽，物即逕出。視之，非貓，始怖，隔房呼兄。兄聞喜曰：「弟必大貴，此狐來避雷霆劫也。」──《聊齋誌異·小翠》

　　〈小翠〉描寫一位官員王太常，在他童年的時候，有一晚突然雷電交加，一隻像貓的動物慌張的躲到他身邊；巨雷停歇之後，才奔出門外。王太常一看，發現那不是貓，覺得害怕，急忙呼叫他的兄長。他哥哥聽完他的描述，笑說：「一定是狐仙來躲這巨雷閃電，以後你一定會大富大貴。」後來王太常果然考中進士，當上御侍。婚後，卻生下一個痴傻的兒子元豐，沒有人願意嫁給這個傻兒子。有一天，一個婦人帶著她的女兒來，說願意把女兒許配給元豐。這個女孩，就是「小翠」。而這個婦人就是當年在王太常身邊躲避雷電的狐仙，特地來報答當年的恩惠。

　　《聊齋誌異》將近五百篇的故事中，這類花妖狐魅報恩的故事數量不少，在神奇怪誕之中，具有引人向善的力量。

忽開目四顧，遍視家人，似不相識，曰：「我今回憶往昔，都如夢寐，何也？」夫人以其言語不癡，大異之。攜參其父，屢試之，果不癡。大喜，如獲異寶。

——《聊齋誌異·小翠》

　　《聊齋誌異》中的女子多半賢淑美麗，男子則是溫柔多情，仙狐妖魅的世界裡，信守誓言、不離不棄的人情世故，處處可見。

　　〈小翠〉故事之中，與痴傻的公子元豐結為夫妻的小翠，後來竟然將元豐溺入熱水中，讓他昏厥過去。等元豐再次醒來，張開眼睛看看四周與家人，好像完全不相識。他說：「我現在回想起來，過去就像一場夢，這是什麼原因啊？」元豐母親聽兒子這樣說話，覺得好像換了一個人似的，痴傻的兒子像重生了一般，再也不傻了，她覺得好開心，像得到一件寶貝一樣。小翠暗中為王家解決了許多難題，也救了元豐，卻必須忍受夫人對她的辱罵，因為她知道自己是來報恩的。雖是鬼狐，然而深情可見。

　　這些故事也不是蒲松齡憑空虛構而來的，據說美人的形象大多有現實經驗的依據。原來，考試一直不順利的蒲松齡，曾接受同鄉進士孫蕙的邀請，遠赴江蘇寶應縣，當「幕賓」。這個工作就是替當知縣的孫蕙代筆，寫寫公文、書信等。這是蒲松齡第一次遠離家鄉，也是他唯一的一次遠遊。孫蕙養了許多歌舞伎，而這些歌舞伎便成為他筆下花妖狐魅的原型。

　　一年之後，他辭去幕賓的工作，回到家鄉，繼續教書、讀書。在窮困潦倒中，發憤創作。四十歲那年，《聊齋誌異》的初稿便完成了，但是一直到六十多歲，仍然有後續增添的故事加入。

　　在這一本書裡，蒲松齡塑造了許多美麗婉約的女性形象，加上曲折的情節、生動的敘述，以及獨特的語言風格，雖然是文言小說，但是他盡量運用精簡優美的文字，所以很能引人入勝，在中國文學史上取得很高的藝術成就。

漁翁

　　〈王六郎〉中，許姓漁翁是主角之一，卻沒有名字，也沒有年紀外貌的描繪，他只是一個市井之中平凡的人。而這樣一個平凡的角色，有什麼不平凡的事蹟呢？

　　許姓漁翁住在淄城的北邊，淄城位於現今山東省淄博市淄川區，正是作者蒲松齡的家鄉。這個平凡的漁翁每天晚上的工作，就是到河邊捕魚。他撒下漁網，然後坐下來等魚群入網。這時候，他會喝一點酒。故事就從這裡展開了，漁翁喝酒的時候，每次都會先倒一些進河裡，給河裡的水鬼喝，並且跟他們打聲招呼：「你們也來喝一點吧！」

　　漁翁很好客，他在河裡捕魚，河裡的一切他都當成朋友，誠心的對待他們。當別人捕不到魚的時候，許姓漁翁卻總是滿載而歸。是漁翁捕魚的技術好，還是漁翁的運氣好？如果每次都這樣，一定有特別的原因。但是漁翁沒有多想，他還是每天到河邊，捕魚、飲酒、祭水鬼。

　　這一天，一個少年在漁翁身邊走來走去，漁翁本著他好客的個

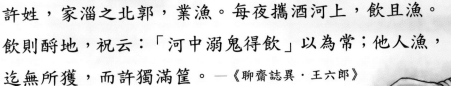

許姓，家淄之北郭，業漁。每夜攜酒河上，飲且漁。
飲則酹地，祝云：「河中溺鬼得飲」以為常；他人漁，
迄無所獲，而許獨滿筐。——《聊齋誌異·王六郎》

性，就邀請少年坐下來，一起飲酒。兩個人喝酒，漁
翁沒有因為這樣就忘了工作，他喝了一點酒之後，就
到河裡看看有沒有捕到魚——這一天他跟其他的捕魚
人一樣，竟然一隻魚也沒有抓到！

　　於是少年站了起來，他說：「我去為您驅
趕魚群吧！」少年走入河中沒多久，大批的魚
群立刻湧來，漁翁下網，捕到不少肥美的魚。
漁翁拿出幾條要送給少年，但少年沒有接受。

　　光從作者這簡單的幾筆，我們就能看出漁
翁的個性。雖然是一個平凡的小人物，但是他
樂天知命、謹守本分，不貪求榮華富貴，年復
一年，默默的在河邊捕魚。而這樣一個漁翁的
形象，或許正是蒲松齡對炎涼世態中，純樸人
心的嚮往。

許初聞甚駭，然親狎既久，不復恐怖。因亦歡歡，酌而言曰：「六郎飲此，勿戚也。相見遽違，良足悲惻；然業滿劫脫，正宜相賀，悲乃不倫。」

——《聊齋誌異·王六郎》

少年每天晚上都來找漁翁，漁翁也很慷慨大方，每天請他喝酒。少年自我介紹為「王六郎」。兩人每天在月光下飲酒、談天，共度了一段美好時光。半年之後，六郎向漁翁辭行，並說出自己的身世，原來六郎生前喜歡喝酒，後來因為酒醉溺水，而成為水鬼。漁翁這才知道，六郎是一個鬼魂。剛聽到這個消息，漁翁很驚訝，但是因為相處好一段時間了，就不怎麼害怕了。

無奈，離別還是令人感傷的，六郎依依難捨，漁翁理性的勸慰他：「不要難過，雖然以後我們不能再見面，但是你的業障、劫難都過去了，可以轉世投胎，應該為你慶賀才對，我們不應該難過呀！」人與鬼之間的情感，由此可見。人與人相處久了就有感情，人鬼之間也一樣，可以有超越空間的情誼，漁翁並不因六郎是鬼魂

而懼怕。

　　後來六郎因為心存善念，被天帝封為招遠縣鄔鎮的土地公。上任之前，六郎又向漁翁辭行，希望漁翁將來能到鄔鎮去看他。漁翁雖不知道淄城到鄔鎮有多遠，但他毫不猶豫就答應了。漁翁帶著六郎愛喝的酒，千里迢迢的上路了。淄城到招遠縣，相距好幾百里，漁翁花了十幾天才抵達。是什麼讓漁翁排除萬難、遠道而來？那正是對六郎的友情啊！

　　漁翁來到土地公廟前，他向舊時好友禱告：「你離開以後，我日夜思念。現在我依約而來，你又託夢給居民，讓我感到很溫暖。我什麼也沒有，只帶著你愛喝的酒，如果你不嫌棄，就像過去在河邊一樣，把它喝了吧！」

　　漁翁的情誼，讓身為土地公的六郎也感動了。偉大的友情，不受時空相隔，漁翁千里而來，只為信守承諾，探望故人。世界上還有什麼比平凡卻赤誠的心更珍貴呢？

王六郎

　　據說，溺水而死的人，他們的靈魂會在水中徘徊成為水鬼，無法離去。若想要重新投胎，就要找到一個代替的人。王六郎是河裡的水鬼，卻跟別的水鬼不一樣，他是一個有情有義的水鬼。當王六郎有了替代的人選之後，他向漁翁辭行，對漁翁的感情，他用「情逾骨肉」來形容。然而，可以重新做人，他似乎並不快樂，只因為要離開好友。

　　人間有情，在鬼魅的世界裡，同樣也有這樣濃厚的情誼。而六郎的深情，也不僅限於他和漁翁之間。

　　出現在河邊的婦人，就是來代替王六郎的。婦人抱著嬰兒來到河邊，幾次都因為河水太急，無法渡過。六郎本來可以狠下心來，拉她下水的，但是六郎沒有這麼做。後來，婦人把嬰兒放在岸上，獨自試著渡河。驚險之中，六郎還是可以讓她溺入水中，但六郎仍

「今又聚首，且不言別矣。」問其故，曰：「女子已相代矣；僕憐其抱中兒，代弟一人，遂殘二命，故舍之。更代不知何期，或吾兩人之緣未盡耶？」

—《聊齋誌異・王六郎》

然沒有這麼做。最後，婦人平安的回到岸上，抱著嬰兒離開。漁翁問他原因，六郎說：「代替我的婦人有個嬰孩；為了我一個人，要殘害兩條性命，我不願意。可是不知要多久才會再有替代我的人，也許是我們兩個緣分未盡吧？」

擁有投胎重生的機會，可以脫離長年沉浸濕冷河水的折磨，誰會不好好把握？只因「鬼」有了同情心，有了人性，所以成就了一則動人的故事。

王六郎的善心，連上天也感動，於是天帝派他擔任招遠縣鄔鎮的土地公。不過，六郎在意的，竟然是好友能不能去看他。貧賤時結交的朋友，富貴時還不離不棄，這是多麼難能可貴的！

蒲松齡也在這篇故事的末尾提出：擁有顯要的地位，仍然不忘貧賤時的朋友，這正是平凡的世間最不平凡的事啊。

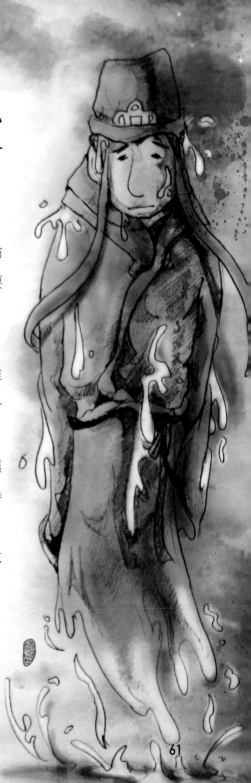

遠勞顧問，喜淚交並。但任微職，不便會面，咫尺河山，甚愴于懷。居人薄有所贈，聊酬夙好。歸如有期，尚當走送。 ——《聊齋誌異‧王六郎》

　　有情有義的王六郎，不願傷害兩條寶貴的生命，放棄投胎重生的機會，這種偉大的胸懷也感動了上天。這正是蒲松齡在這本書裡一貫的信念：「善有善報，惡有惡報。」心存善念，不存害人之心，上天都會看得到的。〈王六郎〉的故事更告訴讀者，這道理不只是在人世間如此，鬼神界也一樣，上天也會為做了好事、心存善念的「鬼」，給予更好的安排。

　　六郎擔任土地公之後，仍不忘故舊，殷殷期待老友能來會面。在老友到達之前，他已經託夢給鄔鎮居民，希望他們能代替神明，款待一位從淄城來的、姓許的朋友。

　　這時的六郎已經是一尊泥塑土偶，不能像過去一樣出現在漁翁面前。但是，當漁翁帶著酒，向他禱告之後，六郎化為一陣風，在漁翁身邊打轉，久久才停。六郎知道老友來了，這是他表達感動的

方式。

　　那天夜裡，六郎來到漁翁的夢中，對漁翁說：「你這麼遠來看我，讓我流下歡喜雀躍的眼淚。因為我擔任這個職務，沒有辦法跟你見面，雖然你就在眼前，卻又遠得像在天邊，讓我覺得好難過啊！附近的居民會代我送你一些簡單的禮物，感謝你過去對我的好。你要回去的時候，我一定會來送你的。」

　　六郎已經不是昔日的水鬼，而是神明了，但他仍然保有過去的赤誠，對過去的朋友完全沒有改變。這正是六郎有情有義、最令人讚賞的地方。

　　漁翁要回家鄉的時候，一陣旋風輕輕跟隨，走了十多里。漁翁一再拜謝，誠摯的跟六郎道別。輕風盤旋再盤旋，直到最後才離開，一起送行的居民看了都驚訝萬分。

　　六郎在鄔鎮當土地公，每個人都說，鄔鎮的土地公，總是讓此地五穀豐收、保護鄉里、福佑居民，而且非常靈驗呢！

旅館主人

　　漁翁不辭千里來到招遠縣，風塵僕僕抵達了鄔鎮。找到旅館安頓之後，第一件要打聽的，當然就是土地公廟在哪裡？

　　他提著酒、帶著赤誠的心而來，急著想見老朋友。旅館主人看見這個滿身疲憊的客人，一切都還沒安頓好，就急著找土地公廟。於是旅館主人驚訝的問：「這位客官，難道……您姓許？」漁翁有點驚訝，他回答：「正是，您怎麼知道的？」

　　古時候沒有身分證件，旅館主人事先也不會有客人的資料，所以旅館主人這麼問，是很令人訝異的。接著，他像算命仙一樣，提出第二個令人驚奇的問題。

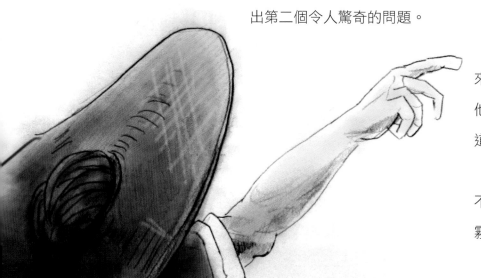

　　「難道……您從淄城而來？」漁翁的驚訝又提高一些，他正是從淄城來的！「你怎麼知道的啊？」

　　這次，旅館主人再也不答也不問了，他奪門而出，留下一頭霧水又一臉驚訝的漁翁。旅館主

主人驚曰：「得無客姓為許？」許曰：「然。何見知？」又曰：「得勿客邑為淄？」曰：「然。何見知？」主人不答，遽出。——《聊齋誌異·王六郎》

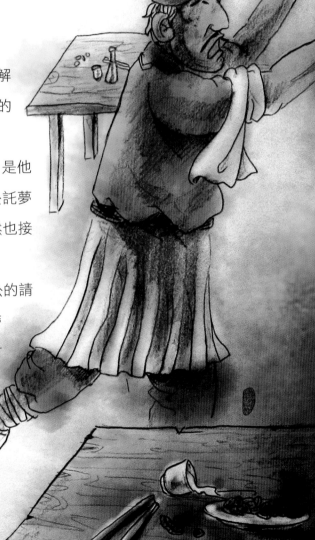

人沒有多說什麼，他是這麼的興奮，興奮得來不及多做解釋，因為他急著要出去告訴附近居民，這個讓眾人期待的客人終於來到鄔鎮了！

　　是什麼力量讓旅店主人如此慌亂失措又驚喜萬分？是他的純真質樸，還有他對神明的虔誠信仰。原來是土地公託夢給鄔鎮的居民，說他的朋友會到這裡來。旅館主人自然也接到土地公的託付。他相信世間有神，他相信夢是真的。

　　百姓相信夢境是真的，旅館主人也相信夢裡土地公的請求是真實的。於是當許姓漁翁真的出現時，旅館主人帶著鄔鎮居民擁護著漁翁，熱情款待他。他們好像要把對土地公的感謝，一股腦兒的全都獻給漁翁；他們對待漁翁，像對待土地公一樣，只因為漁翁是土地公的朋友。

　　善良熱誠的旅店主人，純真質樸的鄔鎮居民，他們和許多人一樣，信神、愛神，都是民間信仰中的虔誠信徒代表。

鄔鎮居民

　　男男女女、扶老攜幼而來，鄔鎮居民把漁翁團團圍住。混亂之中，你一言、我一語，說的都是同一件事：「前些日子，我們都作了同一個夢，在夢裡神明告訴我們，他有一位姓許的朋友，從淄川到鄔鎮來拜訪，要我們給他一些幫助。我們在這裡等你很久了！」

　　從居民的言語之中，流露出他們的期待和興奮：能為神明做事，是一件多麼榮耀的事。

　　漁翁聽了，更加驚訝，原來這位有情有義的老朋友，早就為他安排好了。

　　於是這一群善良質樸的居民，把接待許姓漁翁當成一件盛事看待，因為這是神明的請託。而且每個人都作了這個夢，更加讓人確信，這件事千真萬確。

　　從鄔鎮居民的虔誠與熱情，可以看出典型的中國人縮影。雖然寫的是鄔鎮的居民，可是其他地方何嘗不也是這樣？敬天敬神、心懷感恩，這是流傳千古的傳統觀念。

眾乃告曰：「數夜前，夢神言：淄川許友當即來，可助以資斧。祗候已久。」許亦異之。

——《聊齋誌異·王六郎》

　　漁翁住了幾天，正打算離開時，旅館主人和附近居民又殷勤的留他多住幾天。每天一大早，就有人來請他去吃飯，中間換了好幾次主人，每天都到很晚才回到旅店。後來漁翁終於要離開了，居民知道之後，有人提著禮物來、有人為他補充行李，讓他路途中舒適些。不到一天，他的行囊就裝滿了禮物，全鎮居民都來歡送他離開。

　　是什麼力量，讓當地居民把漁翁當成貴客看待？除了熱情之外，當然就是神明的力量。中國人相信「舉頭三尺有神明」，相信「人在做，天在看」，就像當初王六郎不忍抓婦人作替死鬼，漁翁說的：「你的善心，會感動上天的。「天」就是神明，信仰讓居民充滿熱情，讓鄔鎮居民團結起來，誠摯對待這位遠來的朋友。對於這群熱情招待漁翁的居民，土地公也沒有忘了本分，也以「有求必應」來回報他們。

當聊齋誌異的朋友

　　《聊齋誌異》是中國文言小說集大成之作，繼承了《搜神記》那樣的筆記小說以及《唐人傳奇》那樣的傳奇小說。和源自民間的通俗白話小說不同，《聊齋誌異》包含了各式各樣鬼狐精怪的故事，有些是自古就有的志怪傳說，有些則是蒲松齡從親友那兒聽來的鄉野奇談。從清代刊刻出版以來，就是人人愛不釋手的暢銷書，甚至連皇帝都愛讀呢！究竟《聊齋誌異》有什麼魅力，讓歷代人們都如此著迷，毫無保留的沉浸在蒲松齡打造的那個有情有義的鬼狐世界中？

　　一旦翻開這本書，你會發現，原來這股令人沉迷的神奇力量，來自於書中人物的經歷；那些經歷雖然美麗夢幻，卻也像是人間遭遇。書中有許多教人喜愛的鬼狐精怪，他們不但不恐怖，還會行善助人；不但講義氣，還十分看重友情；不但不會害人，還會與人談情說愛。像〈王六郎〉中水鬼與漁夫情深義重的友情，或是〈小翠〉中狐仙嫁女的報恩行為，都能讓人在這個平凡的人世間，感受到一絲不平凡的情意。這樣難得的珍貴情意還有很多，如〈酒友〉中風度翩翩、嗜酒愛才的狐仙，〈蓮香〉中美麗優雅、嬌媚可人的女鬼與狐精。還有嬰寧、巧娘、聶小倩、香玉、黃英等等，這些鬼狐花精無一不深情待人，難怪能夠擄獲歷代讀者的心，甘願廢寢忘食，只為讀一讀《聊齋》。就是這股動力能夠給人安慰，讓人在這不完美的人間繼續生活下去，不懈的去追尋那看似美麗夢幻卻又似乎觸手可及的理想。

　　快來和《聊齋誌異》做朋友吧！隨著蒲松齡的腳步，進入那個充滿鬼狐精怪、卻一點也不恐怖的有情世界中，勇敢的追求你的理想！

我是大導演

看完了《聊齋誌異》的故事之後，
現在換你當導演。
請利用紅圈裡面的主題（鬼），
參考白圈裡的例子（例如：王六郎），
發揮你的聯想力，
在剩下的三個白圈中填入相關的詞語，
並利用這些詞語畫出一幅圖。

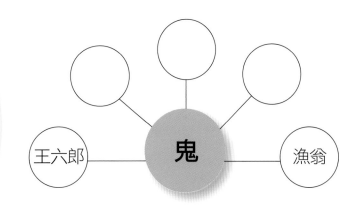

◎ 少年是人生開始的階段。因此，少年也是人生最適合閱讀經典的時候。這個時候讀經典，可為將來的人生旅程準備豐厚的資糧。因為，這個時候讀經典，可以用輕鬆的心情探索其中壯麗的天地。

◎【經典少年遊】，每一種書，都包括兩個部分：「繪本」和「讀本」。繪本在前，是感性的、圖像的，透過動人的故事，來描述這本經典最核心的精神。小學低年級的孩子，自己就可以閱讀。讀本在後，是理性的、文字的，透過對原典的分析與說明，讓讀者掌握這本經典最珍貴的知識。小學生可以自己閱讀，或者，也適合由家長陪讀，提供輔助說明。

◎【經典少年遊】，我們先出版一百種中國經典，共分八個主題系列：詩詞曲、思想與哲學、小說

001 世說新語　魏晉人物畫廊
A New Account of Tales of the World: Anecdotes in the Southern and Northern Dynasties
故事／林羽豔　原典解說／林羽豔　繪圖／吳亦之

東漢滅亡之後，魏晉南北朝便出現了。雖然局勢紛亂，但是卻形成了自由開放的風氣。《世說新語》記錄了那個時代裡，那些人物怎麼說話、如何行事。讓我們看到他們的氣度、膽識與才學，還有日常生活中的風雅與幽默。

002 搜神記　神怪故事集
In Search of the Supernatural: Records of Gods and Spirits
故事／劉美瑤　原典解說／劉美瑤　繪圖／顧珮仙

晉朝的干寶，搜集了許多有關神仙鬼怪與奇思異想的故事，成為流傳至今的《搜神記》。別小看這些篇幅短小的故事，它們有些是自古流傳的神話，有的是民間傳說，統稱為「志怪小說」，成為六朝文學的燦爛花朵。

003 唐人傳奇　浪漫的傳說故事
Tang Tales: Collections of Tang Stories
故事／康逸藍　原典解說／康逸藍　繪圖／林心雁

正直的書生柳毅相助小龍女，體驗海底龍宮的繁華，最後還一同過著逍遙自在的生活。唐人傳奇是唐朝的文言短篇小說，內容充滿奇幻浪漫與俠義豪邁。在這個世界裡，我們不僅經歷了華麗的冒險，還看到了如夢似幻的生活。

004 竇娥冤　感天動地的竇娥
The Injustice to Dou E: Snow in Midsummer
故事／王蕙瑄　原典解說／王蕙瑄　繪圖／榮馬

善良正直的竇娥，為了保護婆婆，招認自己從未犯過的罪。行刑前，她許下三個誓願：血濺白布、六月飛雪、三年大旱，期待上天還她清白。三年後，竇娥的父親回鄉判案，他能發現事情的真相嗎？竇娥的心聲，能不能被聽見？

005 水滸傳　梁山好漢
Water Margin: Men of the Marshes
故事／王宇清　故事／王宇清　繪圖／李遠聰

林沖原本是威風的禁軍教頭，他個性正直、武藝絕倫，還有個幸福美滿的家庭，無奈遇上了欺壓百姓的太尉高俅，不僅遭到陷害，還被流放到偏遠地區當守軍。林沖最後忍無可忍，上了梁山，成為梁山泊英雄的一員大將。

006 三國演義　風起雲湧的英雄年代
Romance of the Three Kingdoms: The Division and Unity of the World
故事／詹雯婷　原典解說／詹雯婷　繪圖／蔣智鋒

曹操要來攻打南方了！劉備與孫權該如何應戰，周瑜想出什麼妙計？大戰在即，還缺十萬支箭，孔明卻帶著二十艘船出航！羅貫中的《三國演義》，充滿精采的故事與機智妙算，記錄這個風起雲湧的英雄年代。

007 牡丹亭　杜麗娘還魂記
Peony Pavilion: Romance in the Garden
故事／黃秋芳　原典解說／黃秋芳　繪圖／林虹亨

官家大小姐杜麗娘，遊賞美麗的後花園之後，受春染病，年紀輕輕就離開人世。沒想到，她居然又活過來！這到底是怎麼一回事？明朝劇作家湯顯祖寫《牡丹亭》，透過杜麗娘死而復生的故事，展現人們追求自由的浪漫與勇氣！

008 封神演義　神仙名人榜
Investiture of the Gods: Defeating the Tyrant
故事／王洛夫　原典解說／王洛夫　繪圖／林家棟

哪吒騎著風火輪、拿著混天綾，一不小心就把蝦兵蟹將打得東倒西歪！個性衝動又血氣方剛的哪吒，要如何讓父親李靖理解他本性善良？又如何跟著輔佐周文王的姜子牙，一起經歷驚險的戰鬥，推翻昏庸的紂王，拯救百姓呢？

009 三言　古今通俗小說
Investiture of the Three Words: The Vernacular Short-stories Collections
故事／王蕙瑄　原典解說／王蕙瑄　繪圖／周庭萱

許宣是個老實的年輕人，在下著傾盆大雨的某一日遇見白娘子，好心借傘給她，兩人因此結為夫妻。然而，白娘子卻讓許宣捲入竊案，害得他不明不白的吃上官司。在美麗華貴的外表下，白娘子藏著什麼秘密？她是人還是妖？

010 聊齋誌異　有情的鬼狐世界
Strange Stories from a Chinese Studio: Tales of Foxes and Ghosts
故事／岑澎維　原典解說／岑澎維　繪圖／鐘昭弋

有個水鬼名叫王六郎，總是讓每天來打撈的漁翁滿載而歸。善良的王六郎會不會永遠陪著漁翁捕魚？好心會有好報嗎？蒲松齡的《聊齋誌異》收錄各式各樣的鄉野奇談，讓讀者看見那些鬼狐精怪的喜怒哀樂，原來就像人類一樣。

與故事、人物傳記、歷史、探險與地理、生活與素養、科技。每一個主題系列，都按時間順序來選擇代表性的經典書種。

◎ 每一個主題系列，我們都邀請相關的專家學者擔任編輯顧問，提供從選題到內容的建議與指導。我們希望：孩子讀完一個系列，可以掌握這個主題的完整體系。讀完八個不同主題的系列，可以不但對中國文化有多面向的認識，更可以體會跨界閱讀的樂趣，享受知識跨界激盪的樂趣。

◎ 如果說，歷史累積下來的經典形成了壯麗的山河，【經典少年遊】就是希望我們每個人都趁著年少探索四面八方，拓展眼界，體會山河之美，建構自己的知識體系。少年需要遊經典。經典需要少年遊。

011 說岳全傳　盡忠報國的岳飛
The Complete Story of Yue Fei: The Patriotic General
故事／鄒敦怜　原典解說／鄒敦怜　繪圖／朱麗君

岳飛才出生沒多久，就遇上了大洪水，流落異鄉。他與母親相依為命，又拜周侗為師，學習武藝，成為一個文武雙全的人。岳飛善用兵法，與金兵開戰；他最終的志向是一路北伐，收復中原。這個心願是否能順利達成呢？

012 桃花扇　戰亂與離合
The Peach Blossom Fan: Love Story in Wartime
故事／趙予彤　原典解說／趙予彤　繪圖／吳泳

明朝末年國家紛亂，江南卻是一片歌舞昇平。李香君和侯方域在此相戀，桃花扇是他們的信物。他們憑一己之力關心國家，卻因此遭到報復。清朝劇作家孔尚任，把這段感人的故事寫成《桃花扇》，記載愛情，也記載明朝歷史。

013 儒林外史　官場浮沉的書生
The Unofficial History of the Scholars: Life of the Intellectuals
故事／呂淑敏　原典解說／呂淑敏　繪圖／李遠聰

匡超人原本是個善良孝順的文人，受到老秀才馬二與縣老爺的賞識，成了秀才。只是，他變得愈來愈驕傲，也一步步犯錯。清朝作家吳敬梓的《儒林外史》，把官場上的形形色色全寫進書中，成為一部非常傑出的諷刺小說。

014 紅樓夢　大觀園的青春年華
The Story of the Stone: The Flourish and Decline of the Aristocracy
故事／唐香燕　原典解說／唐香燕　繪圖／麥震東

劉姥姥進了大觀園，看到賈府裡的太太、小姐與公子，瀟湘館、秋爽齋與蘅蕪苑的美景，還玩了行酒令、吃了精巧酥脆的點心。跟著劉姥姥進大觀園，體驗園內的新奇有趣，看見燦爛的青春年華，走進《紅樓夢》的文學世界！

015 閱微草堂筆記　大家來說鬼故事
Random Notes at the Cottage of Close Scrutiny: Short Stories About Supernatural Beings
故事／邱慧敏　故事／邱慧敏　繪圖／楊瀚橋

世界上真的有鬼嗎？遇到鬼的時候該怎麼辦？看看紀曉嵐的《閱微草堂筆記》吧！他會告訴你好多跟鬼狐有關的故事。長舌的女鬼、嚇人的笨鬼、扮鬼的壞人、助人的狐鬼。看完這些故事，你或許會覺得，鬼狐比人可愛多了呢！

016 鏡花緣　海外遊歷
Flowers in the Mirror: Overseas Adventures
故事／趙予彤　原典解說／趙予彤　繪圖／林虹亨

失意的文人唐敖，跟著經商的妹夫林之洋和博學的多九公一起出海航行，經過各種奇特的國家。來到女兒國，林之洋竟然被當成王妃給抓走了！翻開李汝珍的《鏡花緣》，看看他們的驚奇歷險，猜一猜，他們最後如何歷劫歸來？

017 七俠五義　包青天為民伸冤
The Seven Heroes and Five Gallants: The Impartial Judge
故事／王洛夫　原典解說／王洛夫　繪圖／王韶薇

包公清廉公正，但幸相龐太師卻把他看作眼中釘，想作法陷害。包公能化險為夷嗎？豪俠展昭是如何發現龐太師的陰謀？說書人石玉崑和學者俞樾，把包公與江湖豪傑的故事寫成《七俠五義》，精彩的俠義故事，讓人佩服！

018 西遊記　西天取經
Journey to the West: The Adventure of Monkey
故事／洪國隆　原典解說／洪國隆　繪圖／BO2

慈悲善良的唐三藏，帶著聰明好動的悟空、好吃懶做的豬八戒、刻苦耐勞的沙悟淨，四人一同到西天取經。在路上，他們會遇到什麼驚險意外？踏上《西遊記》的取經之旅，和他們一起打敗妖怪，潛入芭蕉洞，恣意冒險！

019 老殘遊記　帝國的最後一瞥
The Travels of Lao Can: The Panorama of the Fading Empire
故事／夏婉雲　原典解說／夏婉雲　繪圖／蘇奔

老殘是個江湖醫生，搖著串鈴，在各縣市的大街上走動，幫人治病。他一邊走，一邊欣賞各地風景民情。清朝末年，劉鶚寫《老殘遊記》，透過主角老殘的所見所聞，遊歷這個逐漸破敗的帝國，呈現了一幅抒情的中國山水畫。

020 故事新編　換個方式說故事
Old Stories Retold: Retelling of Myths and Legends
故事／洪國隆　原典解說／洪國隆　繪圖／施怡如

嫦娥與后羿結婚後，有幸福美滿嗎？所有能吃的動物都被后羿獵殺精光，只剩下烏鴉與麻雀可以吃！嫦娥變得愈來愈瘦，勇猛的后羿能解決困境嗎？魯迅重新編寫中國的古代神話，翻新古老傳說的面貌，成為《故事新編》。

經典 °
少年遊

youth.classicsnow.net

010
聊齋誌異　有情的鬼狐世界
Strange Stories from a Chinese Studio
Tales of Foxes and Ghosts

編輯顧問（姓名筆劃序）
王安憶　王汎森　江曉原　李歐梵　郝譽翔　陳平原
張隆溪　張臨生　葉嘉瑩　葛兆光　葛劍雄　鄭培凱

故事：岑澎維
原典解説：岑澎維
繪圖：鍾昭弋
人時事地：李忠達

編輯：鄧芳喬 張瑜珊 張瓊文
美術設計：張士勇
美術編輯：顏一立
校對：陳佩伶

企畫：網路與書股份有限公司
出版者：大塊文化出版股份有限公司
台北市10550南京東路四段25號11樓
www.locuspublishing.com
讀者服務專線：0800-006689
TEL：+886-2-87123898
FAX：+886-2-87123897
郵撥帳號：18955675
戶名：大塊文化出版股份有限公司
法律顧問：全理法律事務所董安丹律師

總經銷：大和書報圖書股份有限公司
地址：新北市新莊區五工五路2號
TEL：+886-2-8990-2588
FAX：+886-2-2290-1658
製版：沈氏藝術印刷股份有限公司

初版一刷：2014年4月
定價：新台幣299元